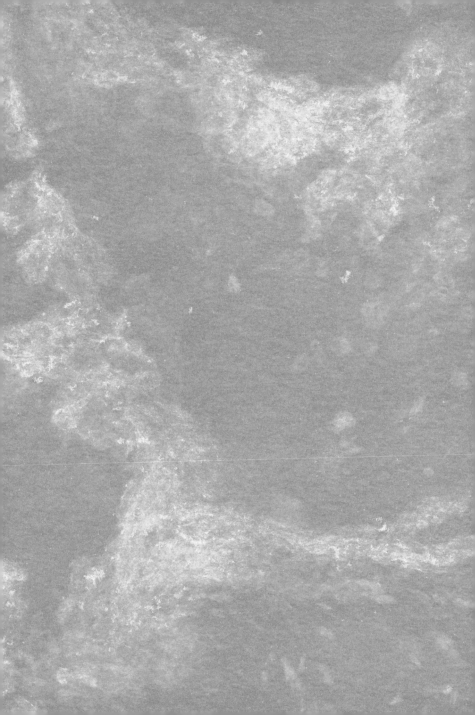

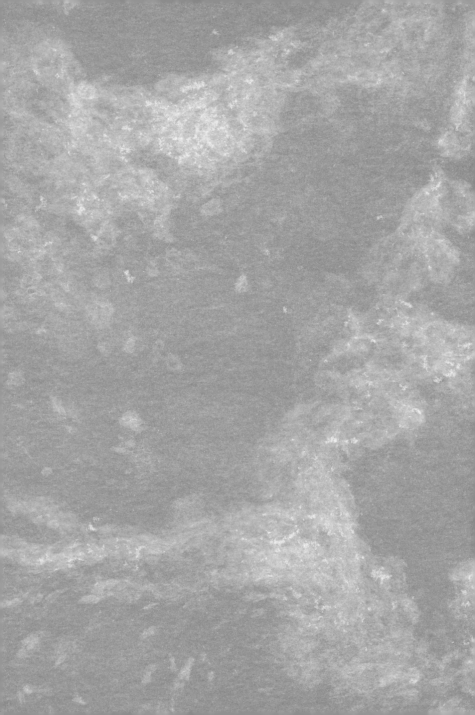

某日の境

柿沼徹

思潮社

もくじ

*

装画＝森雅代
装幀＝思潮社装幀室

某日の境

とっぴんぱらり

あんなことを言いながら憎み
ひとりきりになった、心の底で

ひとりになった女は
ひとりであることを忘れ
底冷えのする世界の内臓に包まれて
繰り返し同じことを言っている
つまり

それを繰り返し聞いている私の中で
この庭木を冬日のように照らしつづけながら
ひとりきりになって死んでいる女は
挨拶も忘れて
底冷えのする庭に立っている
いくども
ま新しい過去をつぶやく
とっぴんぱらりの
ぷう

ひとけない嘘の
ほぼまん中に
私は立っている

目に映るすべての片隅は
十一月の陽だまりのように
輝いている

じょうぶな夢

ドアが開いて、きみが現れたとき
みんな机に向かっていた
だれひとり顔を上げなかった
そんな夢の中で
きみはいくどもドアを開ける
土嚢の横に隠れるか

泥を泳いでみるか
（できるわけないから
（はやくこっちへ出ておいでよ
しかし
だれの目も
笑っていない

ある日きみは子供で
叩かれていた
叩かれるとき
家中の雨戸は閉められた
錐のような斜光が雨戸から抜けて
部屋を通過する

別のある日
きみは
中学生で
毛虫を踏み殺していた

ふいにきみは
ドアを開けようとする

鳥獣の境

きみの胴体には
二本の脚がついているな
いつから？

蛙がないていた頃からだ

湿地と田んぼが
線路の土手まで続き

泥のなか、空のなかで
蛙はうめいていた
ずっと遠くで
電車の音が
笑いのようにはじまった

蛭の棲んでいる濁りが
流れていた
内側に蛇行した日の
風向きによって臭う日々を
「川」と呼んでいた

田んぼが宅地に変わるまでに
豚小屋の豚はいなくなった

川に捨てられたタイヤのしぶき
豚の感情的な鳴き声
豚はいなくなった
油煙と駆動機の音がはじまっていた

きみの肩には
二本の腕が生えているな
いつから？

すでにだれかが黙っているので
とても大きな群れになって
鳥が移動していく
見えなくなるまで

濁音の境

ほとりは枯れ果てているが
川は流れている
流れが
流れるといういたたまれない気持ちは
わかる

その若い男は
見上げるほど高い位置から

私を見おろして
（そんなウエカラメセンで言うなよ
と言うのだった
その両目は
私の知らない男を見ている

そう言われれば
どこが自分だったか
耳をつんざいて
鳴っている空洞にすぎなかった

私の傍らを過ぎていく世界の
すぐそばに窓があり
男も私も

同じ窓からの光をうけていた
それぞれの影を
掻き乱していた
うわずった声みたいに

おたがいに不愉快なだけだから
わたしらおわりにしようここいらで
と若い父が呻くのだった
なんと甘い誘いだろう
窓の光が煌めかせているのは
向かい合った机の上の
埃のふるまい

4名

みんなと同じ路傍を歩いていたはずなのに
わたくしたち4名
高い鉄塔にしがみついていた
おたがいに胸ぐらを摑み
笑いながら揺さぶった
まず祖母の身体がはがれた

次の瞬間
狭いストレッチャーの上で痛がっていた
(落ち方がうまかったのだ
大きな声でいくども自分を呼んでいた

父は言い訳もせずに
ま顔ではがれ落ちた
ズボンの裾が乱れ
(わたくしの脛にそっくりだ
まっしろい脛がのぞいていた

いつのまにか
母の落下は終わっていた
静寂だかなんだかわからないものが

耳の中で鳴っている

両手と両脚で
もういちど
落ちる前の自分にしがみつく
頭の中で
のんびりと蟻が這っていた

玄関

狭い玄関だった
湿気が斜光に照らされ
石の冷たさが這っていた

家族と親戚の
いく人かは声が大きすぎた
母は泣いていないとき
乾いた言葉をはなした

その日はどちらだったか
玄関を出る後ろ姿が
どこかへ行った

母の手の甲を、覚えている
母のハイヒールの足音を、覚えていない
母の手の甲の静脈を、覚えている

台所のカレンダーに沿って日々が過ぎていった
つぎにわめき散らすのはだれだろう
みんな天井よりも高いところで
膨れあがったまま
なかなか落下しない

玄関を開けると
雨のさなか
生垣のわきに
椿の木が立ち尽くしている
ここにいない母のふくみ笑いが
こちらを見ている
いっそ戻らないつもりだろう

穴虫

母は若く匂った
クツワムシ、スズムシ
の恐ろしい声がしていた
祖母だけでなく
母も父も妹も
水面の金魚みたいに苦しんでいた
夜の直下には
深いガレ場が隠れている

怒鳴り合いになると母が
ひっきりなしに
涙声でだれかを憎んでいた
私は幼いのに
ガレ場のことを知らなかった
泣き声で同調するのが
子供の役回りだった
父はぼんやりと
空中の自分を眺めるふりをしていた

クツワムシの声があんなに大きい
何の穴なのかここは
母も祖母も
風が吹きつけたように顔が歪み

関節から折れ曲がる
木造平屋で大声がはじまると
鼻の奥から熱がこみあげてくる
父はタバコの煙をながめて
すべて聴いているふりをしていた
父も母も
地下茎みたいに歪んでいるので
体温が放射されて
匂った

ちゃぶ台

そこだけ、へこんでいた
スプーンで抉られたみたいに
内側から皮をつまんで
引っぱりこんだみたいに
おっ?と驚いたように
肺病だった父の肋骨のあたりに

穴があいていた

父の顔より
穴のほうが
よっぽど真剣な表情だった

全員を照らす電球
風呂からあがると
いつものように
家族そろっての夕食がはじまる

無知文盲にして
なにひとつ
過不足はなかった

生き残って
食事をしていた
そこだけへこんでいた

襖

夕食のお膳をひっくり返した
どなり散らすのをやめるまえに

仏壇に供え物をしていた
台所で立ったまま茶碗飯を食べていた

孫をハタキで叩きながら喚いた
デパートの店員に大声で値切っていた

校庭の向こうから祖母がやってくる
教室で友達が騒ぎ出した
ヤカンの空焚きみたいな熱気を放って
こちらに向かってくる

（過去は壊れない

祖母が
実の娘をののしっている
それに飽きると
襖の向こうで聞き耳をたてている

扁桃腺

はじめのうちは
にぶい痛みだった

小雨のなか
五、六人の他人が連れ添うように
あじさいが咲いている
そのなかに
ひとつだけ底意地の悪いのがいて

じっと
縁側の私を凝視している

初七日の頃になると
扁桃腺が熱気を孕んで
膨らんでいるのがわかった
屈んで
靴紐を結ぶことさえ苦痛になった

そんなことがあって、別の日
叔母から葉書が届いた
一行目の時候の挨拶が
のんきに吊り下がっている

梅雨が明けても
扁桃腺の記憶は消え残った

葱畑

鬼ごっこばかりしていると
靴の中が血になるよ
言われたときは遅い
おぶられて帰宅の途についた
夕日が人の肩ごしまで降りてきた
葱畑が続き

空に晒されている
そのむこうで鉄骨が組まれ
その姿が遠近を払いのけて
そこにある

整列した葱のひとつひとつが
なにかを含んでいる
（というのではなく
抗えない日々が
葱を残置したまま吹いて
葱は吹きとばないように地面にしがみつき
整列したまま
手に負えない過剰があることを
思い知らされている

曲がった釘。角材の切れ端。マンホール。
雲の中でだれかが
一日中
鉄を叩いている

墓森

下校時に数人に囲まれたので
これからハカモリに行くことが告げられた
いっせいにランドセルを投げ出したあと
殴りかえすか殴られるままかのうちに
鼻血に土が混じっていた
クヌギの樹液と腐葉土がむせかえる
顔を殴る瞬間
頭部の重さを受け取ったのは肩だった

人間の顔そのものは柔らかかった
喉はふさがれてないのに
詰まってなにも言えなくなった
ずっと転校生なのだろうこれからも
組み伏せて土の上に倒れこんだとき
意味と声がもつれて脚が立たなかった
ハカモリのどこかに
卒塔婆があるという噂だった
いく人かの呼気が頬にあたった
それからハカモリは自分と地続きになった
ハカモリという音が
面疔のように熱をめぐらせている

豆腐屋のラッパ

テレビの音がうるさかった
テレビの音ではなかった
木造平屋の立て込む一帯でいつのまにか
怒鳴る声と涙声が始まっていた
叩く音がすべてを塗りつぶして
一瞬、静まった
同じ学年のハヤシくんの家のほうから
言い争う声は高くなり耳にへばりついてくる

ハヤシくんのお母さんのかすれ声には芯があり
嗚咽になりかけて
思い直して早口になる
（としよりがくちをだすことではないがね）と言う声は
ハヤシくんと仲のいいおじいさんだ
あとは聞き取れない　じっと畳の目を見詰めるしかない
ハヤシくんは今どんな顔をしているのか
「こんど名前がイムに変わるんだ」と言っていた
あの声が今は聞こえない
豆腐屋のラッパがとおくで聴こえた
昨日と同じ遠さから

*

庚申

双方の坂道に挟まれた庚申塚。庚申塔の三猿。ショケラ。享保十九年。ここに造立した惣村の荒い冬。笑い顔の邪気。

川面に貼りついて流れる白い紐。蛇だ、という誰かの声がした。流れていくものなのか。水の腐る甘い臭いがした。夏の光が、頭の裏から両眼に抜けて、汚水が光った。すぐに見えなくなったが、残像がはっきりしている。なるほど蛇だったかもしれない。生き物もあんなにたやすく流れるのか。足首を水面からあげると、蛭が貼りついている。

坂道はここで分岐する。一方は野火止に通じ、片方は街道筋に向かう。農道が蛇行し、生きていた人びとの体重で固められ、失念と記憶違いを支える。そのどちらも続く。

赤い口

人間のそのような姿を見るのは初めてだった。キャベツ畑のむこうに農家があり、その庭先から、女が、歩行者と自動車にむかって、大声で非難しているのだった。

両手を振り上げ、拳を突き出しながら、大声をあげている。言葉のひとつひとつは聞きとれるのに、何を非難しているのか、わからなかった。小学校への通学路だった。片側にキャベツ畑が広がっていた。次の日も、その次の日も、畑のむこう側の農家の庭先で、口をあけて罵りつづける女がいた。

空の下に防風林が見えるほかには、萱葺きの家しかなかった。その庭先に立つ女が、私たちを罵倒してくるのだった。通り過ぎる歩行者にむかって、自動車にむかって、私にむかって。

自由作文にも書けなかった。夜のうちに首を失ったカブトムシ。保健所に連れて行かれた子犬。すべて質疑応答の外にあるもの。わからないことはすべて隙間なく、抜け落ちていた。抜け落ちてないものは、教室の壁に画鋲で貼りつけてあった。

萱葺きの家から通学路まで、キャベツ畑がつづいていた。畑のむこう側から女は、見えるものにむかって罵っていた。自動車が埃を高く巻き上げた。道ばたの桑の葉も韮も、錆びたように光っていた。驟雨のとき、泥だらけのまま伸びる道は何を考えているのか。

キャベツ畑で腰をかがめる数名が見えた。血縁者の中からひとり女が立ち上がって、叫び始めるのだった、繋がれた猿のように、口をこちらにむけて言葉を、叩きつけてくる、無言の血縁者を、左右に従えながら。

穴の育成

とおくから振り返ると
冬の雑木林がねっとりと
地面に喰らいついている

あのひとがいなくなっても
屋根が累々とかさばっている
あちこちの地表に
電柱が刺さっている

路地を
幾人かの私が歩いていた
今朝方は
だれかを憎んでいたことが
思い出された
憎んでいた自分が
こちらを
睨み返してくる

一つの穴のように生きる
ことができないとき
その穴の周縁では
ま冬

明け方が
窓ガラスを滲ませる

どぶ

根もとの土、石、ガラスの破片
生垣の根もとを流れる
白く消毒された祖先
地表
目を凝らすと
フクロ蜘蛛の巣が
根もとに生えている

父の服は
痩せた肉体を
ひた隠しに隠す
女たちの蹴りあげたような笑い
声をひそめるときの
夥しい数の目

子供たちは生きたまま
太陽と泥を走り廻る

夕刻
生垣の向こうで
薪が音を砕いている

斧は子供の役目である
振りあげる重さが見える

樹木の高さ

雨上がり
蜘蛛の巣の輝き
道端によせた樹冠の
やわらかい影
ひとりの人格
のような朝

樹木が上へ、上へと、

伸びる理由は
わからない

（すべてには理由がある）というまどろみ
見上げるほど高い樹木の
根もと付近は
わずかに明るい
なにかが降りてくる

底冷えのする二月だった
翌朝は
枯れ枝の影が
おびただしい罅のように
アスファルトに敷かれていた

さいごの、冬の力
地表の露出

いつだったか
引き出しの中に
忘れられた封書が入っていた
筆跡の中を
走り去っていく獣たち……
なにかが降りてくる
というまどろみ

裾のほころびのように
みぢかにいた人
なにも動かなくなったら

ある日、曇り空の下
とおくまで線路が光っている

範晴

すべては「やぶける」と「やぶけない」に分かれる
「やぶけない」ものがある……
という予感が
いやな糸を引きながら
胸を通過した
それは
一塁ベースの傍らで一塁手が
腰を低くして構えたときだ

次の瞬間
平凡な外野フライがあがった

チェンジ。

野手が引きあげてくる
走り出すほどにもどかしいと言いながら
捕球した男も
まっすぐに引きあげてくる
何事もないことが
ここでは礼儀ただしい
(ちっ、引きあげてくる場合かよ)
と言っているのは
監督だけだ

ダッグアウトから見ると
世界はまだつながっている
それがみんなの意見だったはずだ
夏の雲が光っている
あ、また外野フライだ
やぶけるまえに
みんなアウトになってしまう

別の黎明

まっすぐに歩かないでください

尖塔からではなく
その上から時報がなっている
肌にべとつくまどろみの中で
ひどく清潔なものに追われてきた

濡れたパンツが冷えている

もう一度転倒すれば
うつ伏せのまま
まぶしい軽蔑の目に遭うだろう
地表からしみでてくる
恥ずかしさ
（歩かないでください）
嘘がつけないのなら
（距離がつかめないんだ右足と左足の）
せめて土下座を　愛想笑いを

まどろみの
中で目覚めれば
ありふれた自分の部屋だった
天井も窓も箪笥も見分けがつくのに

手応えがない
とおくの水面で
夜が白みはじめる

系譜

棘だらけの関節肢
けぶる毛根のような棘を
男の子が見つめている

しずかな学名は
脚韻を踏んでいた
足元で咲いた昼顔をめがけて
小雨が降っている

男の子は
手のひらのうえで
仕組みを見つめる

初めて見る一日だった
(いくつかの話が
(今日のなりたちについて
(忘れられている

枯れ枝を張りつめた欅が
台地のうえに
立ちのぼっていた

比喩の比喩

蛾の翅の模様は
なにかの比喩なのだろう
ま昼の廊下に落ちて
ひとめに晒されるための

（葉脈、壁をつたわる罅
（樹木の枝、血脈、閃光

だれの手も
泥を摑むために
枝分かれしている

ほどかれたように
オタマジャクシは泳ぎはじめる
すぐまた石の縁に
束ねられる

ふたたび泳ぎだす
壊れにくい比喩の中で
この両手も
枝分かれしている

吃音の境

わたくしがうつだったとき
用件は
粘りを失って
空気の振動からふり落とされた
わたくしはうつだから
重くるしい海底に座り込んで
一日中
自分の膝頭を眺めた

わたくしはこれからもうつだろう
日曜日の食品売り場のなか
のように穴の向こう側は
乱雑に輝いてなにもみえないおお感嘆符
電子音が皮膚をなでるとき
だれも聴いていないが今朝も沈黙が空から
ぶら下がっているどうでもいいか笑顔
手と脚を
四本も
生やして過剰だろわたくしたち
空の下でそのようにしてあたた
かいかなしみにいつかもどれるわたくしが　う
つ　うつつ　うつくるしいわたくしがだったとき

まだら蛾

翌朝
街灯のまわりに
たっぷりと夜を吐いた昆虫たちが
撒かれていた

見渡すかぎりの笹原に
雨の音がはじまった
それは夢のなかの
現実のことだった

そして川岸に立っていた
それは昨夜の
体ごと流されそうな夢のなかだ
岸から遠ざかる小舟の
姿を眺めていた
右膝に
蹴り出したときの弾力が残っていた

たしかに蹴ったはずだ
自分から離れていく
たとえその上に
うっかりとだれが乗っていようと

笹原が
雨音をつぎたしているのも
女たちが囁きあっているように聞こえた

補足1
駅前の路地を通り過ぎる人のなかに、瘦せた妊婦の姿があった。か細い四肢を動かしながら、ミツバチのように膨らんだ腹部を、運んでいく。難なく、あたりまえのように、運んでいく。私はそのような自分の距離を、いつか摑むことができるだろうか。

補足2
だれが、なにが、私たちを支配していようと、支配されている私たちは、せめて自分の低さと弱さにしがみついたまま、顔を輝かせる。

某日の境

今朝の雲の形さえ
なにかの結末なのだろう

日々の終わりに竹箒が立てかけてある

たくさんの蝶を採ってくれたのは
年上の男の子だった
虫籠は大きかったのに
はげた鱗粉でいっぱいになった

名前も顔も思い出せない
その子の原っぱには
ヒメジョオンが咲いている

柿沼　徹

一九五七年、東京都北多摩郡生まれ。

詩集

『みたことのある朝』（詩学社・一九九四年）
『浅い眠り』（水仁舎・二〇〇三年）
『ぼんやりと白い卵』（書肆山田・二〇〇九年）
『もんしろちょうの道順』（思潮社・二〇一二年）

某日《ぼうじつ》の境《さかい》

著者
柿沼《かきぬま》徹《とおる》
発行者
小田久郎
発行所
株式会社思潮社
〒一六二―〇八四二 東京都新宿区市谷砂土原町三―十五
電話〇三（五八〇五）七五〇一（営業）
〇三（三二六七）八一四一（編集）
印刷・製本
創栄図書印刷株式会社
発行日
二〇二〇年十月二十日